그 이름
어머니

- 가끔은 나를 잊어버리는 어머니를 위한 시 -

그 이름
어머니

초판 1쇄 발행 2022년 8월 15일

지은이 이혜숙 · **그림** 진태결 · **발행인** 권선복 · **편집** 권보송 · **디자인** 김소영 · **전자책** 서보미
마케팅 권보송 · **발행처** 도서출판 행복에너지 · **출판등록** 제315-2011-000035호
주소 (157-010) 서울특별시 강서구 화곡로 232 · **전화** 0505-613-6133 · **팩스** 0303-0799-1560 ·
홈페이지 www.happybook.or.kr · **이메일** ksbdata@daum.net

값 17,000원

ISBN 979-11-92486-11-6 (03810)
Copyright ⓒ 이혜숙, 2022

도서출판 행복에너지는 독자 여러분의 아이디어와 원고 투고를 기다립니다.
책으로 만들기를 원하는 콘텐츠가 있으신 분은 이메일이나 홈페이지를 통해 간단한 기획서와 기획의도, 연락처 등을 보내주십시오. 행복에너지의 문은 언제나 활짝 열려 있습니다.

그 이름
어머니

− 가끔은 나를 잊어버리는 어머니를 위한 시 −

이혜숙 시집

BEST 시 선정에 도움 주신 분 (가나다 순)
고명진, 김성홍, 김재형, 송미숙, 오순금
윤보영, 이인선, 진태결, 허미숙, 현인숙

도서
출판 행복에너지

목 차

제2장
그리움의 시간

제3장
사랑의 시간

제4장
기도의 시간

이혜숙 시인의 시를 읽고 있으면 왜 우리 어머니가 생각
날까?

시를 읽으면서 울컥하기도 했고, 눈물을 흘리다가 결국 행
복해서 웃음이 나왔다. 그렇다. 시를 읽는 독자가 주인공이
되게 만드는 이혜숙 시인의 시는 성공했고, 나처럼 시집
속의 시를 읽으면서 행복해할 독자를 생각하면 시집 역시
성공이다.

이혜숙 시인은 어머니에 대한 시를 이어 적었고, 그 적은
시를 어머니께 먼저 읽어 드렸다고 했다. 딸이 읽어주는
시를 들으며 그 시 속의 주인공 어머니는 얼마나 행복했을까?

어머니는 누구에게나 계신다. 그러기에 시를 읽는 독자의 어머니를 대신 표현하기는 어렵다. 그래서일까? 시집 속에 어머니에 대한 시는 한두 편 넣은 것이 보통이다. 하지만 이혜숙 시인은 어머니에 대한 시로 시집을 발간했다.

이혜숙 시인은 이 시집 발간으로 명실상부한 우리나라 최고의 '어머니 시인'이 되었다. 시 속의 어머니는 시인의 어머니이자 시를 읽는 독자의 어머니, 이 시대를 살아가는 모든 사람의 어머다.

어머니에 대한 시를 이처럼 훌륭하게 적은 시인의 다음 시집이 벌써 기다려진다. 그 기다리는 마음에 이혜숙 시인이 우리나라 최고의 감성시인이 될 수 있게 힘이 되어 주겠다는 약속을 한다.

시인 윤보영

시집을 펴내며

어머니가 초기 치매 진단을 받은 날, 나는 잠이 오지 않았다. 내 곁에서 든든하게 영원히 응원해 줄 것만 같았던 어머니였기에 쉽게 받아들이지 못했다. 연이어 고관절 골절, 허리 골절로 병원 생활을 하며, 북받쳐 오르는 감정을 시 150편에 담았다. 어머니와 함께한 지난날을 회상하며 글 쓰는 시간은 치유의 시간이었고, 참회의 시간이었다.

가장 먼저 어머니께 시를 읽어드리고 싶었다. 그래서 가급적 쉽고 짧게 쓰려고 했다. 시답지 않은 시도 있다. 어머니를 향해 이야기하듯 쓰다 보니 때론 독자의 마음을 헤아리지 못한 자기 고백의 시가 많은 점도 인정한다.

처음 내놓는 개인 시집이라 용기가 필요했다. 시 150편을 어머니께 읽어드리고 어머니가 이해한 시를 우선 선정했다. 지인 10분에게 좋은 시 선정을 의뢰하여 최종 113편을 시집에 담았다. 이분들의 도움이 컸다.

이 시집이 고령사회를 살아가는 독자들에게 조금이라도 위로가 되었으면 한다. 또한, 읽고 나서는 가슴이 따뜻하고 행복해졌으면 좋겠다.

시집의 출판을 흔쾌히 허락해 주신 도서출판 행복에너지 권선복 대표님과 좋은 시집으로 디자인해주신 김소영 선생님, 시인의 길을 걸을 수 있도록 지도해 주신 윤보영 교수님, 이보규 교수님, 오순금 국장님, 김순복 원장님, 글과 그림 그려주신 진태결 선생님께 깊이 감사드린다. 텀블벅을 통해 물심양면으로 후원해 주신 분들께도 고마운 마음을 전한다.

이 책을, 사랑하는 우리들의 어머니께 바친다.

2022. 7.

태화 이혜숙

1장

추억의
시간

식지 않는 기억

한겨울, 눈사람
만들다 들어온 차가운 손
겨드랑이에 넣어 녹여
주시던 어머니!

돌을 구워 천으로 꽁꽁 싸서
주머니에 넣어주면
온종일 어머니 품속처럼
따뜻했던 어린 시절 기억

가끔씩
그 따스함이 다시
내게로 온다.

어머니 흰머리

흰 머리 하나 뽑는데 십원
검은 머리 하나 뽑히면 백원

막내딸 흥정에
흰머리 더 늘어간다

늘어난 만큼
행복이 늘어난다.

배움의 한(恨)

가갸거겨구규
그기에서
멈춰버린 배움의 길

받침글자 배우려 할 때
삶의 무게에
멈춰버린 배움의 그 길

군대 간 외아들에게
편지 한 장 쓰지 못해
평생 한으로 남아 있지만

어머니의 살아가는 지혜는

어느 박사도

못 따라간다.

고구마 캐는 날

막내는 얼른 집에 가서
저녁이나 지으라

먼 길 터벅 걸음으로
돌아오는 해 저문 날

아이보다 큰 가마솥에
밥을 짓는다

고구마 캐는 날은
매운 연기가
서러움을 짓는다.

계란의 추억

계란 반찬이 들어간
오빠 도시락
딸 넷은
냄새로 알아챘다

차별 없이 키웠다고
큰소리치는 어머니!

코는 기억한다!
가난했지만
행복했던 그 시절을.

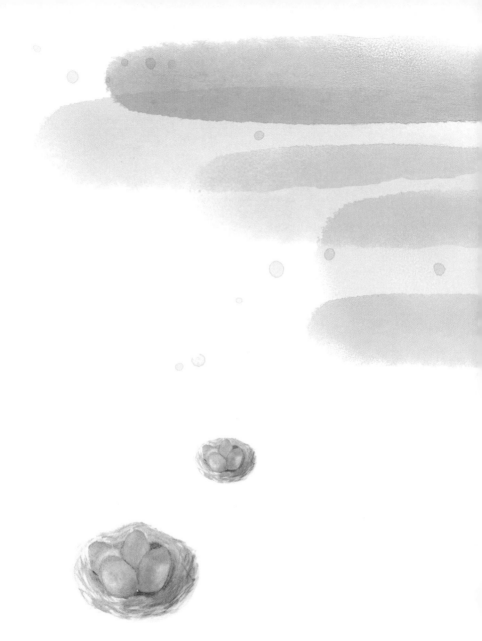

가을 운동회

가을 운동회에
온 동네가 떠들썩

만국기가 휘날리는
높고 푸른 하늘
홍옥 사과가 달콤하다

저마다 응원에 시끌벅적
어머니 응원에 받은
공책 3권

뛰어가는 발걸음이
지구 끝까지 날 듯하다.

하얀 고무신
(BEST 시 선정)

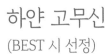

바쁜 농촌에서
절반이 결석이던 시절

6년 개근상 받은 날
교장 선생님이 어머니께
하얀 고무신을
주셨다

26

그 신으로
내가 가야 할 가시밭길
신이 닳도록 걸어
꽃길 만들어 주셨다.

어머니를 찾습니다
(신문예 신인상 수상 시)

어린 시절
학교 갔다 오면
가방 던져놓고
어머니 찾으러 온 동네를 돌아다녔다

우리 어머니를 본 적이 있나요?
반나절 만에 이산가족이다
어릴 적 어머니는 우주였다.

행복한 날

어머니 계모임 하는 날
언니와 나는 늦게까지 잠을 자지 않았다
눈깔사탕 먹기 위해!

어머니 계모임 하는 날은
세상에서 제일 행복한 날!

행복한 맛

어머니 물질하고 오는 날은
온 집안이
바닷냄새로 가득했다

평상에서
보말* 까며
바라보는 서쪽 하늘 별은
다정했다

온 식구가 깐
보말로 만든 보말죽
그 맛!
행복이다.

* 보말 : '고둥'의 방언

행복?
우리가
살아가는
이유

꿀잠

자장가 없어도
좋았다

어머니 팔 베어
젖가슴에 얼굴 묻고 있으면

어머니 고른 심장 소리!
그 소리에
스르르 잠이 들었다.

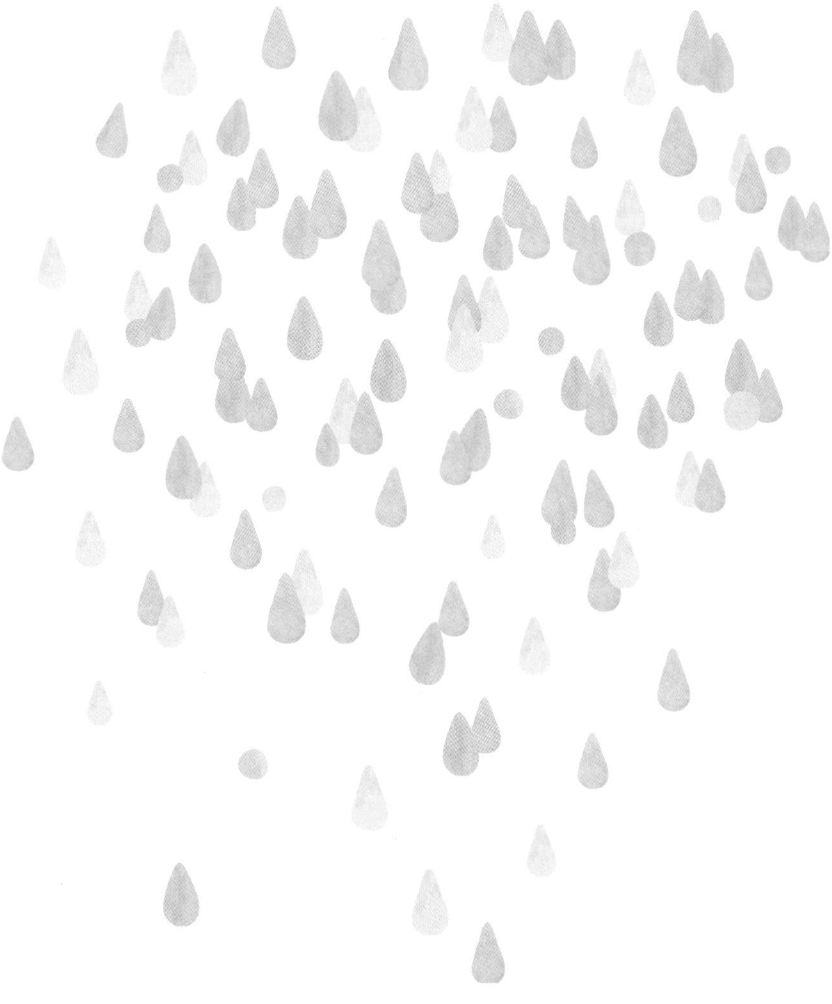

슬픈 눈

어릴 적
온종일 일하고 돌아와
마른 볏짚 먹는
암소 큰 눈에 눈물을 보며
나도 따라 울었던 적이 있다

나는 소의 눈에서
어머니를 보았다
어머니와 소는 닮았다
너무 닮아서 울었다.

검정 고무신

초등학교 운동회 때
검정 고무신을 신고
달리다가 신발이 벗겨졌다

나를 부끄럽게 만든
검정 고무신!
그 후 쳐다도 안 봤다

지금 생각하니
미안하다
그 고무신도
나를 위해
있는 힘을 다해 달렸을 텐데.

운동화의 추억

검정 고무신을 신고는
명절에 세배도 안 가겠다고 했다

어머니는 아껴둔 콩 씨 팔아
운동화를 사주셨다

그날 밤
새 운동화를 껴안고 잤다

새 운동화 신고
마당을 새처럼 날아다녔다

어린 마음 헤아려
아낌없이 내어준
어머니!

외로움과 그리움

해는 져서 어두운데
찾아오는 사람 없어
밝은 달만 쳐다보니
외롭기 한이 없다

밭일하러 간 어머니 그리워
홀로 앉아 불렀던 그 노래

하모니카로 노래 부르며
외로움 달래던 어린 시절

어둠 속 무거운 짐 짊어지고
저만치 오실 것만 같은 어머니

어머니는
외로움과 그리움
추억 속에 늘 함께 계셨다.

기다림

밭일하러 간 어머니
언제쯤 오시나
어디쯤 오셨을까

하모니카 불며
초승달 걸어두고
외로움 달랜다

화들짝
어머니 땀 냄새에
외로움은 사치다.

콩나물과 나
(BEST 시 선정)

학교 갔다 오면
콩나물에
물 주는 게 큰일이었다

한 바가지 물을 주면
숭숭 뚫린 구멍 사이로
물이 다 빠져나갔다
그래도 콩나물은
쑥쑥 자랐다

어머니의 잔소리!
한 귀로 듣고
또 한 귀로 흘려버렸지만
어느새 쑥쑥 커 있었다

46

콩나물이 자라듯
흘려버린 잔소리가
나를 키웠다.

하모니카

어린 시절
외로움 달래던 하모니카!

끓은 물에 소독하다
망가졌다

하모니카 다시 사주신
어머니 껴안고 한참을 울었다

돌이켜보면
모자라고 부족했던 그 시절이
모든 게 넘치는 요즘보다
더 행복했다

그 행복이
나를 엄마가 되게 했고
더 감사할 줄 알게 했다.

한 가지 소원

3일이면
담배 한 보루
다 피우셨던 아버지

밤낮으로
담배 사러 뛰어다녀야 했다
문 닫은 가게 문 두드리며
사 오는 것 역시 막내 몫이었다

싫다 한번 안 했던
담배 심부름!

막내딸 한가지 소원이라는 말에
40여 년 피운 담배
환갑날 딱 끊었다

어머니 소원 성취한 날
아버지 사랑 확인한 날
해가 서쪽에서 뜬 날!

그 행복한 시간
지금도 흐른다.

우리 집

초가지붕 걷어내고
슬레이트로 덮었다

온 가족이
질퍽한 황토에 볏짚 섞어
벽에 발라
비바람 막아주는
아늑한 우리 집 완성!

따뜻한 아랫목에 둘러앉아
찬 겨울, 서리맞은
고구마 삶아 먹으며
어머니 옛이야기 들었다

그리운 옛집을 그려본다
가족들 웃음소리가
꽃바람 되어 들려온다
행복한 미소가 번진다.

모든 게 가능했던 이유

어린 시절
전설의 고향이라는
무시무시한 공포 드라마를
볼 수 있었던 건
부모, 형제들이
옆에 있었기에 가능했다

세상살이가
힘들고 어렵다 해도
꿋꿋하게 오늘을
살아낼 수 있었던 건
부모, 형제들이
곁에 있었기에 가능했다.

2장

그리움의
시간

청보리 사이로

청보리밭에서 잡초를 뽑으며
"이 보리가 크듯
이자가 커가는 거여"
한숨 섞인 목소리

4푼 5리의 고금리 시대를
버텨오신 어머니!

나였다면
그 세월
무엇으로 버텼을까?

청보리가 넘실대는 5월이면
청보리 사이로
어머니가 그립다.

모정의 세월

넉넉히 가지고 다니라
남들 먹을 때 너도 먹어야지

행여 기죽을까
행여 굶을까

없는 돈 긁어모아
자식 기 살려주고
자식 배 채워주시던
그 모정의 세월!
어떻게 갚으리까.

살아가는 방법

사람이 사는 방법은
천층 만층 구만층이여
힘들 때는
아래를 보거라

어머니 한 말씀에
위로받고 살아온 세월!

힘이 들어
아래를 본다
어머니가 계신다.

여기까지 왔습니다

어머니의 잔소리
한번 들으면 늙어 죽도록!

한번 가르쳐 주면
잊지 말고 평생 실천하라는
짧고도 강한
기도문!

그 잔소리
그 기도문 덕에
여기까지 왔습니다.

슬픈 기억

어머니가 13세 되던 해에
어머니의 어머니가 돌아가셨다

흔한 사진들을 보며
내 어머니 사진 한 장만 있다면
이젠 기억조차 할 수 없다는
그 아픈 세월!

사진 한 장만 있었다면
어머니 아픔은 덜했으리라

오늘도 나는
어머니 사진을 찍어둔다
어머니 목소리를 담아둔다.

커피를 마시며

푸른 바다가 보이는
창 넓은 카페에서
차를 마신다

은은한 커피향에
어머니 추억이 담긴다

따뜻하다
그리고
참 많이 그립다.

어머니 말씀

있는 듯
없는 듯
그렇게 살라
그렇게 살면 되는 거라.

살다 보면

살아진다
살다보면 살아진다

폭풍우 치는
거센 파도도
어머니 나지막한 한마디에
사그라진다.

모든 게 한때

실컷 자게 그냥 두라
모든 게 한때더라

실컷 먹게 그냥 두라
모든 게 한때더라

실컷 놀게 그냥 두라
모든 게 한때더라

"그냥 두라"
어머니 그 말씀에
오늘의 내가 있다.

향수

세상에서 가장 비싼 향수
샬리니(Shalini)

풀 베고 돌아온
어머니 풀꽃 냄새
반에도
못 미친다

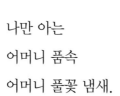

나만 아는
어머니 품속
어머니 풀꽃 냄새.

고향

고향의 향기
어머니!

어머니가 계신 곳이
고향이다.

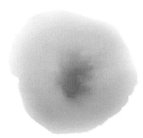

흔들리지 않는 나무

흔들리지 않는 나무
어머니가 계셔서
여기까지 올 수 있었습니다

비바람이 몰아쳐도
튼튼한 뿌리 내려
꽃 피울 수 있었습니다

흔들리지 않는 나무
그 이름
어머니!

우산

빨강우산, 파랑우산, 노랑우산
아파트 위에서 내려다본
비오는 날의 풍경이 정겹다

우산 사이로
커다란 잠바를 뒤집어 쓰고
한 소녀가 뛰어간다

비 오는 날
나는 늘
우산이고 싶었다.

어머니
당신

어머니 생각

어머니 생각하다
두루마리 휴지 한 통 다 썼다.

뒤늦게 알게 된 것 1

어머니는
처음부터 어머니인 줄 알았다

아이를 낳아 기르면서
그제서야
그게 사실이 아닌 걸 알았다.

어머니와 딸

어머니가
시장 가면 나도 따라갔다

어머니가 웃으면
따라 웃었다

어머니가 울면
나도 따라 울었다

그러다 보니
모든 게 닮아 있었다

어머니 살아온 흔적이
내 얼굴에
고스란히 담겨있다.

마늘종

냉장고 안에
아직도 마늘종이 있다

마늘종 하나에
허리 한번 굽혔을
어머니를 생각하니
버리지도 못하겠다

지금은 흔해진 마늘종!
먼 훗날
어머니 그리울 때면
시장에 가서 마늘종
너를 먼저 사게 될 거야.

어머니의 무게

어머니가 계시면
집안이 가득하다

어머니가 안 계시면
텅 빈 느낌!

어느 것도
아무것도
어머니를 대신할 수 없다.

93

집 떠나보고 알게 된 것

집밥이 그립다는 건
어머니가 그립다는 것

어머니가 그립다는 건
고향이 그립다는 것

고향이 그립다는 건
옛 추억이 그립다는 것

인생이라는 건
옛 추억을 먹고 산다는 것.

뒤늦게 알게 된 것 2
(BEST 시 선정), (신문예 신인상 수상 시)

어머니, 당신은
홀로 안테나를 세워두고

별처럼
달처럼
바람처럼

내 주위를 맴돌며
늘 지켜보고 있었다는 걸
자식을 키워보고서야 알았습니다.

사람이 되어간다는 것은

우리 삶은
어머니로 시작하여
어머니 사랑을 알아감으로써
사람이 되어간다

우리가 가는 험한 길에는
사랑을 주시는 어머니가 계셨다

문제는 늘
한 발짝 늦게 그 사실을
안다는 거다

사람이 되어간다는 것은
쉬운 일이 아니다.

요술 방망이는 없다

돈 달라, 밥 달라 하면
척척 내어주시던 어머니!
요술 방망이 하나
들고 계신 줄 알았다

척척 준비하시느라
어머니
허리 굽는 줄 몰랐다
손마디 휘는 줄 몰랐다

받기만 한 사랑!
어머니 요술 방망이는
그 어디에도 없었다

어머니 사랑 그리워
올려다 본 파란 하늘이
갑자기 흐려진다

그리움 달래줄
비라도 내렸으면 좋겠다.

괜찮은 이유
(BEST 시 선정)

겨울이 춥다고 한다
난 괜찮다
따뜻한 어머니가 계셔서

비바람이 분다고 한다
난 괜찮다
비바람 막아주는
어머니가 계셔서

삶이 외롭다고 한다
그래도 난 괜찮다
늘 내 편인 어머니가 계시니까.

돌이켜보면

어머니 잔소리는
자식 향한
끝없는
기도였습니다

그 기도에
잎이 나고
가지가 뻗고
꽃이 피었습니다
어머니
사랑 안에서 피었습니다.

그 위대함에 대하여

결혼 후 3년
23시간의 산고 끝에 낳은
첫 아이

다섯 남매 낳은
어머니 생각에
눈물이 왈칵 쏟아졌다

그토록 모든 신께
감사했던 적이 있었는가

세상이 그토록 따뜻하고
아름답게 보인 적이 있었는가

그토록
행복했던 적이 있었는가

출산은 위대한 것!
이 세상 모든 어머니는
나에게 어머니가 그렇듯
존재만으로도 위대하다.

보리밭을 걸으며

찬 겨울 눈밭 속에서
파릇파릇 돋아나온 보리싹

서릿발 같은 눈보라 속에서도
희망을 심어주셨던 어머니
당신을 닮은 보리싹

어머니, 당신의 생각이
내 가슴에 돋아났습니다
가슴이 따뜻합니다.

인생은 미완성

내 나이 40이면
세상 모든 일에
흔들림이 없을 줄 알았다
나는 봄바람에 흔들렸고
가을바람에도 흔들렸다

내 나이 50에
지천명은 꿈도 못 꾸고 있다
감히 공자와 빗댈 수 있으랴만

인생은
미완성의 실체만
확인하는 여정 같다

아직도
어머니 보살핌
받고 싶은 나
어찌할까?

어머니의 존재

신은
모든 곳에 있을 수 없기에
어머니를 보낸다는 말이 있지요?

맞습니다
내 어머니를 보니
그 말이 맞습니다

내가 아플 때
내가 힘들 때
신이 없는 공간에 우뚝 서서
나를 어루만져주시던 어머니

당신이
그 신이 보낸 어머니이십니다.

한라산과 어머니

제주도의 중심은 한라산
나의 중심은 어머니

한라산이 있기에 제주도가 있듯
어머니가 있기에 내가 있다

제주도를 지켜주는 한라산
나를 지켜주는 어머니!

한라산과 어머니
높이를 잰다면
거기서 거기다.

내생에 봄

꽃이 없다면
봄이라 할 수 없다

나의 꽃 당신
어머니가 있어
내 생에 봄이 있다

아니
늘 봄이다.

무릉곶자왈을 걸으며

나무는 돌에 의지하고
돌은 나무에 의지하며
살아가는 곳
한 줌의 흙조차 귀한
곶자왈

척박한 땅 일구며 살아온
내 어머니 같은
곶자왈

곳자왈에 오면
어머니를 만난다
그리움 속에 머문다.

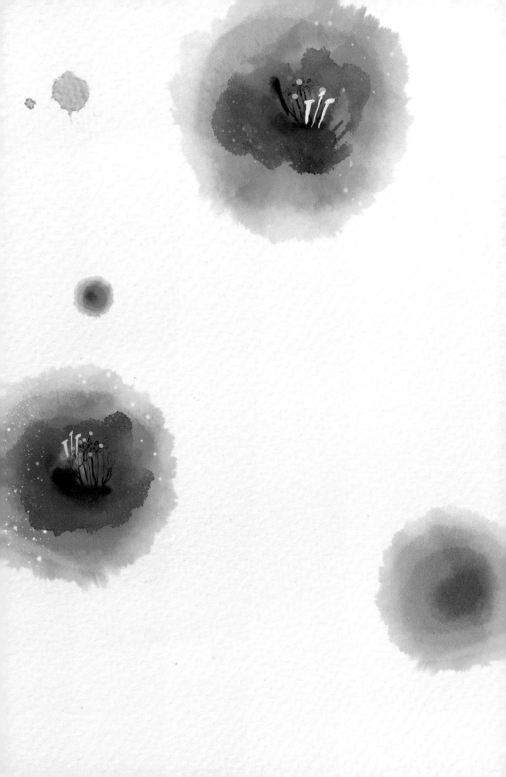

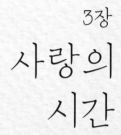

3장

사랑의
시간

인생

쓴 커피를 마시는 건
인생이 써서 그래

인생만큼
커피가 쓰지 않거든

독한 술을 마시는 건
인생이 만만치 않아서 그래

인생만큼
술은 독하지 않거든

그런데
사랑은 달라
쓰다가도 달고
달다가도
쓴 게 사랑이거든.

어머니의 손

손마디 마디
뭉툭 뭉툭
주름진 손!

다섯 남매
먹여 살리신
고마운 손

제주도를
다 담고 있는 손.

부모 마음

네가 웃으니
나도 웃고

네가 좋으니
나도 좋다

네가 눈물 흘리니
나도 따라 눈물 나고

네가 아프니
나도 아프다

이게 부모란 걸
부모가 되어보고 알았다.

장수시대

큰언니 환갑잔치는
오빠가 준비위원장

오빠 환갑잔치는
둘째언니

둘째언니 환갑잔치는
셋째언니

셋째언니 환갑잔치는
막내인 내가 준비위원장

그럼 나는?
아하,
어머니가 준비위원장!

손톱 깎는 날

어머니 손톱을
깎는다

허리 한 번
펴지 못한 세월!

어머니 손톱에 낀
그 한 세월을
깎는다.

염색하는 날

흰머리가
검은 머리로 변하는 날

어머니는 오랜만에
거울을 보며 웃는다

거울 앞에서
소녀 둘이 웃는다.

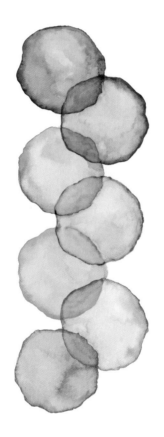

짐이 이김이여

지는 것이 이기는 것이다
어머니 비석에
새겨드리고 싶은 글

어머니는
철학자다.

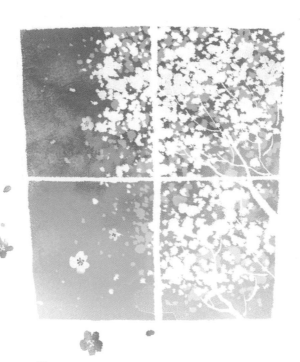

어머니의 보람

스님이 물었다
불자님은 가장 소중한 게 무엇입니까?

어머니가 답했다
자식입니다

자식 다섯 키운 거
그게 제 삶의 전부입니다
그보다 더 귀한 게 있습니까?

화장의 힘

거울 앞에서
거울을 보고 있는 딸!
표정이 만 가지다

이젠, 거울
보고 싶지 않다는
어머니 표정은
한 가지다

하지만
둘 다
웃음을 담았다
내 미소까지 담았다.

영원한 것

세상에
영원한 건 없다지만
자식을 향한
어머니의 사랑은
예외입니다

꿈속에서조차
날 사랑하시는 어머니!

어머니에 대한 것들

어머니가 좋아하는 음식
어머니가 좋아하는 과일
팔순 잔칫날 퀴즈대회 때 알았다

내 나이 오십에 알게 된
어머니에 대한 것들

내 자식 좋아하는 것들
꿰차고 있으면서
그 무심했던 세월에
고개를 들 수 없었다

그래도
해드릴 수 있는 시간이
남아 있음에 감사하다.

넷째 딸

낳는 순간은 섭섭했다고
하지만 그 순간뿐이었다고
힘주어 말하지 않아도
괜찮아요

간절히 아들을 원했던
어머니 그 마음
충분히 아니까요

어머니 딸로 태어나
과분한 사랑받았으니
어머니,
다시는 미안해하지 않아도 돼요.

어머니의 조건
(신문예 신인상 수상 시)

저절로

어머니가 될 리 없다

자식 걱정으로

잠 못 드는

수많은 밤 지나고

남몰래 눈물 흘리고

간절히 기도해야

그래야

비로소

어머니가 될 수 있다.

커피와 사랑

아침에 한잔
점심에 한잔
하루 딱 두잔!

그 커피를
아버지가 탄다

두 분이 커피를 마실 때면
신혼의 달달한 사랑이
그려진다.

봉숭아 꽃물들인 날

어머니 손톱에
봉숭아 꽃물들인 날
어머니는
소녀가 되었다

손톱 보며
수줍게 웃으셨다

자주 해드릴걸
이렇게 쉬운 것을.

배웅

창고 앞
아버지 오른쪽에
어머니가 서 있다

언제나
그 자리에서
손 흔들며
조심히 잘 가라 한다

저 모습

오래도록 보고 싶다.

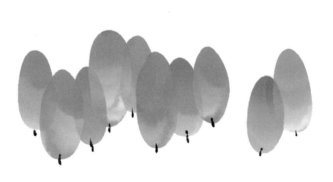

사랑의 종류

세상에는
달달한 사랑
정열의 사랑
섹시한 사랑

눈물의 사랑
아픔의 사랑
먹먹한 사랑이 있다지만

어머니 가슴속
그 사랑만 할까?

어머니의 끝 사랑

비가 올라
눈이 올라
어두워진다
어서 가거라

오고 가는 길 위험하다
오지 마라

나는 걱정 말고
너희들만 잘살면 된다

정말
그런 줄 알고
살았다.

따뜻함의 차이

오리털 파카가
따뜻하다지만
어머니 품속
반만 할까?

효도의 지름길

잘 지내고 있으니
걱정마라

이 말을
잘 새겨들어야 하는 것.

행복한 소리와 슬픈 소리
(BEST 시 선정)

어머니 웃음소리는
세상에서 가장
행복한 소리

우주가
다 평화롭다

어머니 울음소리는
세상에서 가장
슬픈 소리

우주가
다 슬프다.

함박눈 내리는 날

싸락눈이나
진눈깨비 내리는 날보다
함박눈 내리는 날
어머니가 더 그립다

나에게
함박눈은
사랑을 듬뿍 담아주던
어머니다.

참 좋은 말

당신이, 왜 나를
좋아하느냐고 묻는다면
"그냥"이라고 말하겠습니다

당신이, 왜 나를
사랑하느냐고 묻는다면
"그냥"이라고 말하고 싶습니다

이유와 조건이 없는
그 말!

나는
그냥이라는 말이
참 좋습니다

그냥
웃으면서 내어주시는
어머니!

밥과 어머니

'엄마' 하면 가장 먼저
뭐가 떠오르니?
아들이 답했다
"밥이요"

그래, 어머니는
늘 밥을 하셨고
난 늘 밥을 달라고 했었지

자식들 밥 먹는 모습이
가장 행복하다고
말씀하셨던 어머니!

가난한 밥상이었지만
다시 받아보고 싶은
어머니 밥상

자식 키워보니
그 사랑
가슴에 차려집니다.

솜이불
(BEST 시 선정)

시집갈 딸 위해
어머니는
밭에 목화를 심었다

하얀 목화송이 하나하나 따내
햇볕 좋은 날 눈부시게 말렸다

곱게 키운 딸을 위한 마지막 정성
솜이불에 담았다

태우면 태울수록
더 따뜻해지는 솜이불

솜이불 속 식지 않는
어머니 그 사랑 사무쳐
동짓날 밤 베갯잇 적신다

오늘 밤도 포근히
지친 나를 토닥이며
세상 시름 잊으라 한다.

다시 태어난다면

내리사랑은 있고
치사랑은 없다 했지요?

어머니!
다시 태어난다면
저의 딸로 태어나주세요

그래야
어머니에게 받은 사랑
조금이라도 갚을 수 있으니까요.

오직 사랑이었습니다

돌이켜보면
매 한 대 안 맞고 컸습니다
꾸지람 한 번 안 듣고 자랐습니다
내가 잘나서, 잘해서가 아니었습니다
어머니의 자식 키우는 방법이 그랬습니다

어머니의 자식 키우는 방법은
오직 사랑이었습니다

온몸으로
당신의 살아가는 모습을
보여주신 것, 그게 전부였습니다

이만큼 와서
다시 돌아봐도
그게 전부가 맞습니다
모두가 어머니 사랑이었습니다.

통화

잘 지내냐?
밥은 잘 먹고?
따뜻하게 입고 다녀라
차 조심하고

언제나 똑같은 말
어머니 사랑이 변치 않듯
언제 들어도 싫지 않은 말
늘 듣고 싶은 말.

늘

듣고 싶은 말

출산의 의미

출산은
새 생명과 함께
다시 태어나는 것

세상을 따뜻한 눈으로
보게 하는 것

감사할 줄 알고
겸손할 줄 알게 만드는 것

행복이 무엇인지 알게 하는 것
한 인간을 원숙하게 만드는 것

출산은
어머니를 온전히
이해하게 만드는 것
그 이해가
나를 어머니로 만드는 것.

4장

기도의
시간

치매 진단받은 날

인지장애가 있으세요
정밀검사가 필요합니다

의사의 친절한 설명
어머니 뇌CT를 보는 순간
막내딸은 목이 메인다

아…
어머니……

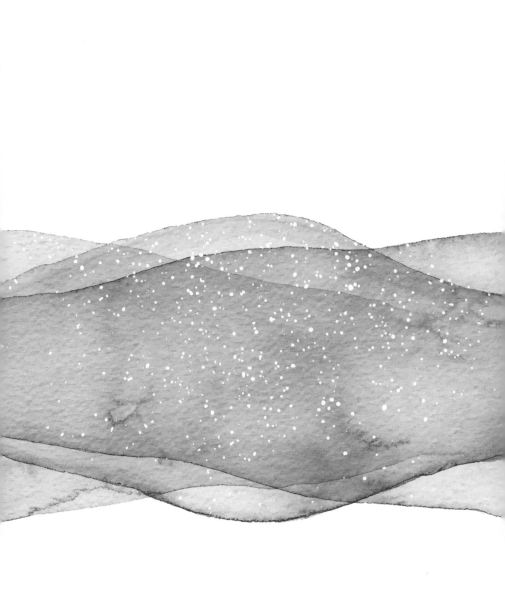

어머니 발을 씻으며

230mm
이 작은 발로
얼마나 고된 길 걸어 오셨을까

이 작은 발로
인생의 가시밭길
얼마나 울음으로 견디셨을까

발자국마다 맺힌
어머니의 기도는
울음입니다

자식들 가슴에 담기는
사무친 사랑입니다.

틀니를 닦으며

기력이 떨어지신 걸까?
칫솔질조차
하기 싫다!

조용히 틀니를 닦는다
어머니의 한 세월을 닦는다.

초승달과 별

저녁 하늘에
초승달과
별 하나 떠 있다

어머니는 초승달이 되고
나는 샛별이 되어
영원토록
함께 하기로 약속하고 있다

그 하늘
내 가슴에 옮겼다.

낙엽처럼

어머니 가슴에
낙엽 하나 얹어도
무거울 것 같은 어깨
당신 생각할 때는
낙엽 밟는 것조차 조심스럽다.

낙엽처럼

한라산을 품고

한라산을 품고
제주 들판 온 천지
발자국 남기시고

이제는 돌아와
거울 앞에 선 어머니

여기까지 오시느라
애쓰셨습니다
고생하셨습니다.

위로

어머니, 그만하면
따뜻하게 세상 품으며
잘 사셨어요
자식들이 인정할 만큼

법 없이도 살 분이란 걸
이웃이 인정할 만큼

험난한 인생길
잘 버텨오셨어요
저 달과 별이 인정할 만큼

어머니, 그만하면
정말
잘 살아오셨어요.

언제나 당신을 찾았듯
(BEST 시 선정)

기쁜 날보다는
외롭거나
힘들때
아플때 더
어머니를 찾았다

내가
필요할 때는
시도 때도 없이
그렇게 당신을 찾았다

어머니
이제부터는
저를 자주 찾아주세요.

병원에 입원한 날

코로나19 팬데믹
병원은 마치 전쟁터

꽃다발 들고
병문안했던 시절은
다시 돌아올 수 있을까?

과거에 소소했던
일상이
이제는 행복으로 다가온다

행복은
내가 당신을 좋아했던 것처럼
평범한 일상 속에 있었다.

기도밖에

어머니
아프지 마세요

배가 아프면
어머니 약손으로
금방 낫게 해주셨죠?

풀에 손이 베어
피가 나면
쓱 감아 낫게 해주셨잖아요?

저는 어머니를 낫게 해드릴
재주가 없네요

아프지 않게 해달라고
기도하는 수밖에.

함박눈 오는 날

어머니!
당신과 함께
또 한 번의
겨울을 보낼 수 있어
행복합니다

비록
병원 밖 풍경이지만
함박눈을
함께 볼 수 있어
행복합니다.

반찬

콩자반

무말랭이

어머니 밥상

보리밥에 된장국
투정할 수조차 없는
밥상이었지만
어머니가 주신 최고의 상
어머니 밥상!

언제 그 밥상
당신에게 다시
받아볼 수 있을까?

사랑한다는 그 말

사랑한다는 말
듣고 싶었다

몇 번 연습 끝에
어머니가 말했다

"하늘 땅 만큼
많이 사랑한다"

이 말
가슴에 깊이 새긴다
열심히 오늘을
살아내는 힘이 된다.

하늘∙∙∙∙∙∙∙∙
땅만큼

많이
사랑한다

질문과 대답
(BEST 시 선정)

여기가 어디고?
넌 누구냐?

반복되는 질문
고된 병원생활

여긴 어디이며
나는 누구인가?

수많은 별 중 지구별
이곳에서 만나
어머니와 딸로 만난 인연

억겁의 세월이 흐르면
다시 만날 수 있을까?

질문할 수 있는 의식이 있음에
감사하며
그 생각조차 사라질까
온몸으로 대답한다.

나는 소망한다
(신문예 신인상 수상 시)

생명이 있는 것은 죽어도
다시 태어나 생이 반복된다고 하는
윤회(輪廻)
어디 삶과 죽음뿐이겠는가!

만남과 이별
즐거움과 괴로움이
반복인 우리 삶 또한
윤회(rotation)인 것을

어제의 이별과 괴로움이
오늘은 그대와의 만남과
즐거움으로 가득하길
오래 머물기를.

오늘은
그대와의
만남과 즐거움으로
가득하길
오래 머물기를...

기도의 시간
(BEST 시 선정)

얼굴과 귀

손가락, 발가락

차례로 닦는다

로션을 듬뿍 바르고 나니

어머니의

해맑은 미소를 만난다

양손으로

얼굴 감싸며

엄마

사랑해요!

앙상한 어머니
가슴으로 끌어안으며
엄마
사랑해요, 많이

어머니 지난 세월이
내 가슴에
비가 되어 내린다.

병원 풍경

아침, 점심, 저녁 식사
시간 맞춰 약먹기, 주사 맞기
하루 두 번 물리치료 받기

병실에 누워
저마다 사연 있는 얼굴들
의사, 간호사의 분주함 속에
하루해가 속절없이 저문다

그래도
저마다의 가슴에
일상 속 소소한 행복이
새싹처럼 돋아있다.

감사하며 살기

(신문예 신인상 수상 시)

아무것도
바라지 말자

두 발로
걸을 수만 있다면
두 손으로
밥을 먹을 수만 있다면
아무것도 바라지 말자

그 이상은 덤이니
그저 감사하며 살아야겠다.

감사하며살기

215

오래된 사진

오랜만에 앨범을 펼쳤다
30년 전 어머니 환갑날 사진

갑자기 눈물이 핑 돌았다
지금은 한 걸음도 내딛기 힘든데

훨훨 날 듯 걸어 다니시는 모습이
반갑기도 하고 생소하기도 했다

세월의 무상함에
가슴이 뻐근했다

혼자 걸어 다닐 수 있다는 건
얼마나 큰 행복인가!

자식들에게 꼭 하고 싶은 말

화목하게
조용히 살아라
그게
전부다

어머니 구십 평생
세찬 비바람 속에서
온몸으로 터득한
그 귀한 말씀
가슴에 새긴다.

화목하게 조용히 살기

회상의 시간

어머니에 대한 시를 써서
어머니께 읽어드렸다
온종일 지난 일 생각하는
이야깃거리가 된 시!

어머니의 이야기는
시가 되고
노래가 된다

내 가슴에 마르지 않는
샘물이 된다

사랑이 넘치는
어머니라는 이름의 샘!

설날

한복 입고
단아한 모습으로
세뱃돈 쥐여 주시던 어머니

그래, 올해도 건강하고
새해 복 많이 받아라

어머니 세뱃돈
받고 싶다
어머니 새해 덕담
다시 듣고 싶다

말없이 누워만 계시는 어머니
그 침대 옆에서 맞이한 설날

주머니에 넣어둔
세뱃돈을 어머니 당신에게
드리고 싶은 이 마음 아실까?

부부의 정

어릴 적 아버지가
부엌에 있는 것을
본 적이 없다

어머니는 늘
아버지 밥상을 따로 차렸다

아버지 뒷바라지로 어머니는
늘 종종걸음이셨다

어머니가 몸져눕자
아버지가 밥을 한다
설거지를 하고
커피를 탄다
쓰레기를 버린다
어머니 기저귀를 채운다

나에게는
모두 낯설지만

부부의 정이
달콤하게 익어
가슴이 뭉클했다.

그게 삶이더라

아버지 4남매에 장남
어머니 7남매에 장녀
하루도 조용할 날 없고
편한 날 없었던
어머니!

결혼하고 보니
시아버지 9남매 중 장남
시어머니 11남매 중 장녀

아뿔사!
어머니보다
더 고달픈 인생 여기 있었구나

그래도
아옹다옹 살다 보니
그게 행복이더라
한세월 지나고 보니
그게 삶이더라.

비자림에서

500년
800년 된 비자나무들
여전히 푸른 모습이
천년은 더 살듯하다

어머니
다음 생에는
우리 비자나무로
태어나요
꼭!

빈 젖가슴
(BEST 시 선정)

1인용 전동침대
어머니 옆에 누웠다

어머니가 팔베개를 해주신다
말없이 얼굴을 만지고
머리를 쓰다듬어주신다
얼마 만인가!

어머니 젖가슴을 찾는다
빈 젖가슴만 덩그러니
그 봉긋했던 젖가슴
어디로 갔을까?

아낌없이 내주었던
그 따뜻했던 젖가슴
이젠
내 사랑으로 채운다.

모든 게 때가 있듯이

어머니가 좋아했던 생선회
이가 안 좋아 드실 수 없다

어머니가 좋아했던 거봉
신맛으로 못 드신다

어머니가 좋아했던 빵
소화가 안 되어 못 드신다

모든 게 때가 있듯이
효도도 때가 있다.

어느 봄날 꿈속에서

한걸음 조차 걷기 힘든
어머니 졸라
꽃구경 가자 했다

유채꽃밭에서
신발 벗어 윙윙대는 벌
잡았다 놓아주며 놀았다

언제나 내 부탁

잘 들어주셨던

어머니 손잡고

샛노란 꽃길 많이도 걸었다.

밀알이 되어

어머니, 오늘
당신의 증손자가
태어났습니다

어머니 밀알이
대대손손 든든한 뿌리 내려
어머니가 다져놓은
꽃길 걸어가게 되었습니다

따뜻한 봄날

당신의 노고에 감사드립니다

모두 어머니 덕분입니다

사랑합니다

그리고

보고 싶습니다.

비자림을 걸으며

천년의 숲
비자림을 걷는다

맨발로 걸어도
좋을 듯
곱게 다져진 산책길

우리 어머니도
이런 길 걸었으면
천년은 사셨겠지?

바르게 읽기

아낌없이 주는
나무라 쓰고
어머니라 읽는다.

그 이름, 어머니

모든 것을
사랑으로 감싸주셨던
그 이름
어머니!

가슴 저미는
그 이름
어·머·니

다시 불러보고 싶은
그 이름
어머니
어머니
우리 어머니.

그이름
어머니

우리 모두의 영원한 고향, 어머니를 그리워하며

권선복(도서출판 행복에너지 대표이사)

어머니의 몸과 정성을 빌리지 않고 이 세상에 태어나서 자랄 수 있는 사람은 아무도 없습니다. 그렇기 때문에 우리가 살아가며 어머니와 맺는 관계의 형태는 각자 다를지라도, 어머니라는 존재가 그 어떤 존재보다 특별하게 와 닿는 것은 모든 사람이 가진 공통점일 것입니다.

이 책『그 이름 어머니』는 제목 그대로 어머니를 노래하고 있는 시집입니다. 많은 시인들이 어머니를 노래하지만, 시집 전체가 어머니에 대한 절절한 감정으로 채워져 있는 경우는 드문 편입니다. 세상 모든 이들의 마음속에는 각자의 어머니가 있고, 그 모든 어머니에 대한 이미지에 공감을 불러일으킬 수 있는 노래를 하기는 쉽지 않은 일이기 때문인지도 모르겠습니다.

하지만 이혜숙 시인은 쉽고 일상적이면서도 많은 사람들이 공감할 수 있는 언어로 어머니에 대한 따뜻한 사랑과 그리움을 100여 편의 시에 담아내고 있습니다. 돌과 바람의 땅, 척박하고 강한 제주의 환경 속에서도 어머니가 있었기에 든든했던 어린 시절의 회상에서 시작하여 성장하여 어머니를 떠나고, 아이를 낳아 기르면서 어머니를 새롭게 이해하고, 인지장애로 가끔은 딸을 알아보지 못하시는 나이 드신 어머니께 다시 돌아와 그 일거수일투족을 돌보면서도 사랑을 이야기하고, 어머니를 그리워하는 절절한 감정이 가득 담긴 4개의 챕터는 우리가 너무나 당연하게 생각하고 있던 어머니의 사랑과 그 소중함을 다시금 일깨워 줄 것입니다.

이 책 『그 이름 어머니』의 작가 태화 이혜숙 시인은 2022년 〈신문예〉 시 부문 신인문학상 수상으로 시의 세계에 등단하였습니다. 『그 이름 어머니』가 전달하는 따뜻하면서도 애잔한 감성이 가족의 소중함과 일상의 행복을 다시금 일깨우며, 행복에너지가 우리 모두의 가슴 속에 팡팡팡 샘솟아 오르길 희망합니다!

400년의 긴 길

윤달세 지음/나까무라 에미꼬 번역 | 값 22,000원

본서는 400년 전 임진왜란(1592년) 당시, 조선 각 지역에서 일본으로 잡혀 간 '피로인(被虜人)'이라 불리는 이들의 얼마 없는 흔적을 오랜 시간 동안 추적하고 기록한 책이다. 이 책은 일본 각지에서 힘들게 살아가면서도 희망을 잃지 않고, 오히려 일본 사회에 한 줄기 빛이 된 조선 사람들의 놀라운 삶의 흔적을 상세하게 다룬다.

내 인생의 노트61

정성군 지음 | 값 17,000원

본서는 산업단지공단 부산지사 운영위원으로 활동 중인 정성군 저자가 일상의 사색을 섬세한 필치로 써낸 수필이자 동시에 시집이다. 책은 사계절의 흐름을 모티브로 하여 일상의 아름다움과 가족에 대한 사랑, 진정 성공한 삶이란 무엇인가에 대한 통찰 등을 소박하면서도 깊은 향기가 느껴지는 필치로 담아내고 있다.

작은 위로

양광모 지음 | 값 15,000원

양광모 시인의 열아홉 번째 시집인 본서는 경쟁과 비교로 얼룩져 여유 없는 삶에 지친 현대인들에게 특별한 위로를 강하게 전달한다. '한 번도 눈물 흘러 내린 적 없는 뺨은 없고, 한 번도 한숨 내쉬어본 적 없는 입은 없고, 한 번도 고개 떨궈본 적 없는 머리는 없다'는 저자의 메시지는 자신이 그 누구보다 불행하고, 위로받을 곳 없다 느끼는 많은 이들에게 삶을 긍정하는 희망의 감정을 속삭일 것이다.

영어 참견러' s 연애&중매 십계명

정영숙 지음 | 값 18,000원

정영숙 저자는 40여 년간 영어를 배우고 또 가르치며 동행한 경험을 '영어와의 연애 십계명', '영어 중매 십계명'의 두 가지 키워드로 생생하게 풀어낸다. 저자의 지식과 관점, 일상의 경험을 통해 풀어내는 영어 학습과 교수에 대한 조언은 곧바로 적용할 수 있는 실질적 가이드라인인 동시에 기존의 '영어 공부'에 대한 우리의 인식을 바꾸는 파격적인 개념을 보여주고 있는 것이 특징이다.

대중가요 6.25 전쟁

유차영 지음 | 값 25,000원

이 책 『대중가요 6.25 전쟁』은 활초 유차영 저자가 시대와 역사를 담고 있는 한 사회의 보물, 유행가 61곡을 집중적으로 탐구하여 그 속에 담긴 6.25 전쟁의 상흔과 지난했던 당시의 시대상을 지금을 살아가는 모든 이들 앞에 풀어헤친 일종의 문화적 르포 에세이다. 특히 유행가가 가진 7가지 요소를 스토리텔링함으로써 우리 역사에 대한 흥미와 반성, 두 가지 요소를 모두 잡아낸 것이 이 책의 특징이다.

'행복에너지'의 해피 대한민국 프로젝트!

〈모교 책 보내기 운동〉〈군부대 책 보내기 운동〉

한 권의 책은 한 사람의 인생을 바꾸는 힘을 가지고 있습니다. 한 사람의 인생이 바뀌면 한 나라의 국운이 바뀝니다. 그럼에도 불구하고 많은 학교의 도서관이 가난하며 나라를 지키는 군인들은 사회와 단절되어 자기계발을 하기 어렵습니다. 저희 행복에너지에서는 베스트셀러와 각종 기관에서 우수도서로 선정된 도서를 중심으로 〈모교 책 보내기 운동〉과 〈군부대 책 보내기 운동〉을 펼치고 있습니다. 책을 제공해 주시면 수요기관에서 감사장과 함께 기부금 영수증을 받을 수 있어 좋은 일에 따르는 적절한 세액 공제의 혜택도 뒤따르게 됩니다. 대한민국의 미래, 젊은이들에게 좋은 책을 보내주십시오. 독자 여러분의 자랑스러운 모교와 군부대에 보내진 한 권의 책은 더 크게 성장할 대한민국의 발판이 될 것입니다.